LA LIBERTÉ,

OU

LA FRANCE RÉGÉNÉRÉE.

POËME.

PAR M. l'Abbé DE COURNAND, Lecteur & Professeur Royal de Littérature Française.

Libertas, quæ sera, tamen respexit inertem,
Respexit tamen, & longo post tempore venit.

VIRGILE.

A LIÉGE,

Et se trouve A PARIS,

Chez LALLEMAND DE SANCIERRES, Libraire, place Cambrai, à la Plume d'or;
Et chez les Marchands de Nouveautés.

1789.

LA LIBERTÉ,

OU

LA FRANCE RÉGÉNÉRÉE,

POËME.

Liberté! ſoit ma Muſe, accours, inſpire-moi
Des chants mâles & doux, des chants dignes de toi.
Dans le rythme Français ne ſoit plus priſonnière;
D'un chemin non frayé, romps pour moi la barrière:
Viens, du feu du Poëte, embrâſer en ce jour
Le cœur du Patriote ardent de ton amour.

Trop long-tems de tes loix, cette terre affranchie,
Sentit le deſpotiſme, ou connut l'anarchie,
Quand ſous de foibles Rois, ou des Rois conquérans,
Un vil peuple de Serfs adoroit ſes tyrans.
Les ſeuls enfans d'Aaron, les ſeuls Dieux de la Guerre,
Formoient le Champ de Mars, les plaids, la Cour plénière;

Tout le reste attendoit de ces maîtres du sort,
Un pain trempé de pleurs, après ces pleurs, la mort.
O puissent s'effacer de nos tristes annales,
Ces jours affreux des mœurs & des loix féodales!
Entre les mains des Rois le sceptre fut brisé;
Le méchant hors d'atteinte & le foible écrasé;
Comme dans les forêts, l'agneau cède à la rage
Des tigres & des loups formés pour le carnage.
Vous, les fils des Guerriers, que ces jours ont fait grands,
Oubliez jusqu'au nom de ces fameux brigands,
Si des droits usurpés, opprobre de leurs armes,
Sur la route du tems, sèment encor les larmes;
Des peuples consolés montrez-vous les amis;
C'est épurer le sang dans vos veines transmis.
Des droits plus respectés que vos races antiques,
Forment des citoyens les liens politiques.
La Nature, à nos yeux, toujours prompte à s'offrir,
Ne fit jamais d'esclave & n'en sauroit souffrir.
L'esclavage est contraire aux devoirs qu'elle impose.
Funeste en ses effets, vicieux dans sa cause,
Il livre, sans pudeur, sans justice & sans fruit,
La vertu qui conserve au vice qui détruit.
Le Ciel n'a pu former cet étrange partage;
Tout ce qu'il fait est bien, tout ce qu'il veut est sage;
Et si de la raison tout mortel fut doté,
Tout mortel, en naissant, reçut la liberté:

Tous égaux dans leurs droits, ſentent que leurs ancêtres
N'ont pu les enchaîner, en ſe donnant des maîtres;
Que la ſociété dont ils forment les nœuds,
N'eſt rien, ſi tous n'ont droit à l'eſpoir d'être heureux.
Déja la liberté, dans ſes élans ſublimes,
Aux flateurs des tyrans oppoſe ces maximes;
Et le peuple Français ſortant de ſa ſtupeur,
Apprend d'elle à ſentir ce qu'il lit dans ſon cœur.
Ainſi le feu ſecret que le caillou recèle,
S'échappe, & frappe l'œil de ſa vive étincelle,
Lorſque l'acier brillant dont le choc le produit,
Reſſuſcite le jour dans l'ombre de la nuit.
France! enorgueillis-toi de tant d'écrits célèbres: (1)
Sur tes droits méconnus il n'eſt plus de ténèbres.
Le deſpotiſme affreux, bleſſé d'un jour ſi beau,
Court, au fond des enfers, cacher ſon noir flambeau.
Ainſi, la Liberté que conduit l'eſpérance,
Va, par ſon règne heureux, régénérer la France.
La France héſite, & craint de croire à ſon bonheur:
Tel un enfant chéri, qu'un art conſolateur,
Rend à peine aux ſoupirs d'une mère attendrie,
Même en rouvrant les yeux, doute encor de la vie.

(1) Ceux des Ceruti, des Target, des de Sieyes, des Mounier, des Rabaud de St-Etienne, &c. &c.

L'abus d'un vain pouvoir, de faux droits, de faux biens,
Du pacte ſocial relâchent les liens.
Tous alors contre tous exerçant leur génie,
Aſſociant la ruſe avec la tyrannie,
Oppreſſeurs, opprimés, confondant tous les droits,
Couvrant leurs attentats du nom ſacré des loix,
Ou foulant à leurs pieds les loix les plus auguſtes,
Se croiroient malheureux s'ils ceſſoient d'être injuſtes.
Qu'attendre de leurs cœurs à la pitié fermés?
Voyez ces loups cruels l'un contre l'autre armés,
Réunis par l'inſtinct d'une faim dévorante,
Sur un peuple éperdu porter leur dent ſanglante;
Se diſputer entr'eux ſes membres en lambeaux,
Et changer les Etats en de vaſtes tombeaux?

De quelles mœurs, o Ciel! ai-je fait la peinture?
De qui ſont ces excès dont frémit la Nature?
Un peuple doux, ſenſible, un peuple ami des Arts
Va-t-il, de mes tableaux, détourner ſes regards?
Faut-il vous rappeller ces infâmes corvées, (1)
Du ſang des malheureux ſi long-tems abreuvées?
Ce ſang groſſi de pleurs, engraiſſant les ſillons
Triſtement labourés par un peuple en haillons; (2)

---

(1) Nous voudrions pouvoir citer ici les beaux vers que M. l'Abbé Delille a faits ſur cet abus criant, dans une Epître adreſſée à M. de Trudaine, & qui n'eſt pas imprimée.

(2) On ne trouvera point ceci trop fort, en conſidérant l'état de quelques Provinces de France.

Sous le chaume éploré, les mères innocentes
Voyant périr l'espoir de leurs races naissantes;
De perfides conseils usant de jour en jour,
Et les moyens de vivre & les soins du labour:
Dans les champs désolés, l'oppression légale (1)
Déployant, sans pitié, sa rigueur infernale,
Et le fisc dévorant, forcé par ses Suppôts,
A faire un art affreux du malheur des impôts?

Pour mieux sentir l'horreur de ces mœurs homicides,
J'entre dans les forêts des antiques Druïdes,
Où le Prêtre barbare, un couteau dans la main,
Répandoit pour ses Dieux des flots de sang humain.
De la Religion la voix impérieuse
Encourageoit au moins cette coutume affreuse:
Aujourd'hui, sous un Dieu de justice & de paix,
C'est l'homme qu'on immole aux hôtes des forêts.
Ce champ, de ses ayeux le modeste héritage,
Un peuple destructeur avec lui le partage;
Parasites nombreux, qu'à la honte des Grands,
Un code sanguinaire engraisse à nos dépens;
Comme si le plaisir de voir tomber leur tête,
Payoit les jours de l'homme affamé par la bête:
Tant la raison balance en vain l'orgueil jaloux,
Tant la pitié qu'on vante, est encor loin de nous!

---

(1) Cette expression hardie est empruntée des Saisons de Thompson.

Heureux, ah! trop heureux, l'âge qui nous va ſuivre,
S'il doit aimer les champs, pour le plaiſir d'y vivre;
Si, loin d'y rencontrer des objets douloureux,
L'image du bonheur y vient frapper les yeux.
Pour nous, moins fortunés, ni les bois ni les plaines,
Ni l'émail des gazons ni le bruit des fontaines
Ne peuvent nous flatter d'un ſpectacle enchanteur:
La misère toujours y vient glacer le cœur.
Que me font ces palais dont nos champs s'embelliſſent?
A leur porte, la faim, la nudité gémiſſent.
Je cherchois du repos, des sîtes gracieux;
Je reviens, fatigué de voir des malheureux.

Rêves de l'âge d'or, menſonges trop aimables,
Puiſſiez-vous être enfin rayés du rang des fables!
Servez les vœux ardens d'un grand peuple exalté
Par l'amour de la gloire & de la liberté.
Nous ne demandons point que l'avare Nature,
Epargne à nos travaux les ſoins de la culture;
Que du creux d'un vieux chêne, un miel limpide & doux
Aille chercher le lait roulant ſur les cailloux;
Mais que le Laboureur, déſormais plus tranquille,
Sans affamer les champs, puiſſe nourrir la ville.
Borné dans ſes déſirs, que lui faut-il enfin?
Une femme, un manoir, du travail & du pain.
Hélas! de ces épis que ſes mains ont fait naître,
Econome pour lui, prodigue pour un maître,

La moindre part lui reste, & souvent les hivers
Aggravant sur son toît l'inclémence des airs,
Ne laissent aux ennuis de sa triste existence,
Que la mort pour asyle, & ses pleurs pour défense.
Si Pomone gémit sur ses champs dévastés,
Peut-être le bonheur habite les cités.
Voyez-les élevant leurs têtes orgueilleuses;
Brillantes de trésors, on les croiroit heureuses:
(Combien l'homme est séduit par des dehors trompeurs!)
Eh! la même infortune y commande les pleurs.
En vain, vous admirez leurs portes triomphales;
L'abondance s'arrête à ces portes fatales,
Et la bourse à la main, les larmes dans le cœur,
Elle achète le droit de nourrir le malheur.
Mais le luxe en vos murs étale ses conquêtes;
Ce peuple jouit-il de l'éclat de vos fêtes?
Est-il de vos festins? vit-il sous vos lambris?
Boit-il dans l'or ces vins qu'un beau ciel a mûris?
Hélas! de ses sueurs le modique salaire,
Avec peine, à sa faim donne un pain nécessaire.
Dévoré par l'envie, aigri par ses malheurs,
Usé par vos excès, corrompu par vos mœurs,
Plongé dans le mépris dont son ame est flétrie,
Trop lâche pour connoître & sentir la patrie,
Pour surcroît de misère, il a dans ses besoins,
L'indigence des champs & leurs vertus de moins.

Vous, qui par ſes malheurs alimentez vos vices,
De quel horrible prix vous payez ſes ſervices !
Ah ! ſi le pauvre encor, doit gémir ſous vos coups
Qu'il aille loin des Rois, des cités & de vous,
Dans le fond des forêts, ſon antique partage,
Retrouver la nature avec l'homme ſauvage.
Là du moins, ſéparé par les monts & les mers,
Diſputant ſa pâture aux monſtres des déſerts,
Il devient libre enfin. Rien ne force ſa bouche
A maudire dans l'homme un monſtre plus farouche,
Qui, ſous le nom de pacte & de ſociété,
Lui diſpute ſa vie, après ſa liberté.

La France, ſur ſon ſort, enfin mieux éclairée,
Cherche à guérir les maux dont elle eſt dévorée.
Les vertus, les talens, par un noble concours,
Vont donc, pour la ſauver, réunir leurs ſecours !
Quand la maſſe des mers ébranle le rivage,
Tout s'émeut, tout ſe trouble à l'aſpect du naufrage ;
Sur la vague en fureur le fort s'ouvre un chemin :
Mais le foible périt, s'il ne lui tend la main.
Le foible, c'eſt le peuple, & c'eſt vous qu'il implore,
Vous, ſes ſages, ſes chefs, & ſon eſpoir encore ;
C'eſt lui, qui par les flots ſubmergé tant de fois,
Survit à ſon naufrage & réclame ſes droits.
Faut-il l'abandonner à ces hordes barbares,
Qui ſemant le malheur ſur des rives avares,

Et bravant des mourans les ſanglots & les cris,
Du vaiſſeau fracaſſé s'arrachent les débris ?
Mais doit-on craindre encore une injuſte puiſſance?
O Liberté! ton jour brille enfin ſur la France;
La Nation rendue arbitre de ſon ſort,
Rappelle aux mêmes loix & le foible & le fort.
La volonté publique, auguſte ſouveraine,
Eſt la garde du foible & du fort qu'elle gêne.
Terrible aux ſeuls méchans qui voudroient l'enchaîner,
Un Roi juſte l'écoute, & la fait gouverner.
Français! votre cœur s'ouvre à ces grandes maximes.
Le tems eſt près encor où l'on en fit des crimes :
Sur vos droits mieux connus veillez mieux déſormais.
Ah! puiſſent de tels nœuds vous unir pour jamais!
On m'obéit: déja tout s'agite & s'aſſemble;
Roi, Peuple, (1) Grands, Paſteurs, tous conſpirent enſemble.
Les villages, les bourgs, les cités, les hameaux,
Méditent ſur leurs droits, conſultent ſur leurs maux.
En vain l'Etat préſente une immenſe étendue;
Du moindre des ſujets la voix eſt entendue.
Voyez-les ſe former en mille eſſaims nombreux,
En face des autels dreſſés par leurs ayeux,

---

(1) Le mot *Noble*, pris ſubſtantivement, n'étant pas aſſez noble dans notre Poéſie, nous avons été obligés de mettre celui de *Grand* à la place.

Invoquant de concert, ſur leur tombe attendrie,
La Liberté, le Roi, le Ciel & la Patrie.
Organes de leur vœu, des citoyens de choix,
Fiers de l'honneur ſacré de défendre leurs droits,
Volent vers la cité qui de ſes tours appelle
Son champêtre Sénat qui s'aſſemble avec elle.
Là, l'intérêt commun ſagement débattu,
Réduiſant l'égoïſme au frein de la vertu,
Un cahier courageux devient dépoſitaire
Et des maux qu'on déplore, & des biens qu'on eſpère.
Enfin du peuple entier les illuſtres garans,
Elus en nombre égal des Prêtres & des Grands,
Vont, munis des pouvoirs qui règlent leur puiſſance,
Former ce corps auguſte où réſide la France.
Tout partage à l'envi des intérêts ſi chers;
Les uns paſſent les monts, d'autres bravent les mers,
Comme ce peuple aîlé que le zéphir ramène,
Et qui d'un ciel plus doux ſillonne au loin la plaine.

Tels, dans ce mouvement, dont un ſiècle pieux
Vint tourmenter la foi de nos groſſiers ayeux,
On vit tous les Français, dans leurs ſaintes alarmes,
S'attrouper, s'indigner, frémir, courir aux armes.
La trompette en ſurſaut briſe l'air de ſes ſons;
L'un forge en glaive aigü le fer de ſes moiſſons,
L'autre eſſaye à ſon corps la cuiraſſe peſante;
L'amant, du même zèle, enflamme ſon amante.

Tout devient arsenal, tout s'anime au combat ;
La mître d'or se change en casque de soldat ;
Et du tombeau du Christ la haute destinée,
Pèse avec nos Guerriers sur l'Asie étonnée.
  Ce délire a pour nous l'air des temps fabuleux ;
Le nôtre, plus sensé, doit être plus heureux.
Ma voix ne chante point les héros de la guerre,
De leurs sanglans exploits faisant frémir la terre :
Ici tout est paisible, & l'olive à la main,
Le peuple à mes héros applanit le chemin.
  Conduis par la vertu, guidés par la prudence,
Ils accourent, chargés du destin de la France.
Des trente régions qu'elle enferme en son sein,
Chacune, avec orgueil, concourt à leur dessein.
  Mon œil d'abord s'arrête à la riche Neustrie, (1)
Des fiers enfans du Nord florissante Patrie,
Qui d'Albion vaincue étonna les regards,
Et lui porta ses mœurs, son génie & ses arts.
  Du sort de ses enfans l'Armorique agitée, (2)
Respirant des fureurs qui l'ont épouvantée,
Fait retentir au loin cette effrayante voix :
« Qui méprise le peuple est indigne des loix. »

---

(1) Neustrie est l'ancien nom de la Normandie.

(2) Armorique est le nom ancien de la Bretagne.

De pampres & d'épis composant sa couronne,
(1) L'Aquitaine sourit à l'espoir qu'on lui donne,
Offre à la liberté ses trésors les plus chers,
Son courage, son fleuve, & les présens des mers.
Les Sujets de Henri, du pied des Pyrénées,
N'ont point de son berceau trompé les destinées.
De l'avare intérêt leur sentiment vainqueur,
Prouve ce que leur père est encore à leur cœur.
Chère ombre ! ce spectacle a ranimé ta cendre :
Toujours remplis de toi, toujours sûrs de t'entendre,
Tes braves Béarnois consolent par leurs vœux,
Tes jours trop-tôt finis pour voir ton peuple heureux.
Donnant son zèle aux cœurs, aux esprits son génie,
La Liberté parcourt la vaste Occitanie, (2)
Rend le Prêtre aux autels, les peuples à leurs loix,
Aux cultes différens fait entendre sa voix ;
Tous volent sur ses pas, tous s'enflamment pour elle ;
La concorde est l'encens qu'on brûle à l'immortelle.
Et toi, belle Provence ! avec la Liberté,
Recouvre de tes mœurs l'antique dignité.
Souviens-toi que la Grèce, aux jours récens du monde,
Pour te donner ses loix, franchit la mer profonde. (3)

---

(1) La Guienne.

(2) C'est ainsi qu'on appelloit le Languedoc dans l'antiquité.

(3) M. l'Abbé Barthelemy s'en est souvenu, lui qui fait tant d'honneur à notre Province.

Sous un Roi citoyen, rappelle à tes enfans,
Leurs ayeux & leur gloire, & tes jours triomphans.
La fière Liberté, dans sa course, m'entraîne
Près de ces monts fameux où plus mère que reine,
Elle dicte ses loix à ces peuples humains,
Que gouvernoit jadis Humbert aux blanches mains. (1)
Devant elle l'orgueil baisse sa tête altière;
Je ne vois plus qu'un peuple, une famille entière
De simples Citoyens, de Prêtres & de Grands,
Qui confondent leurs droits, leurs vertus & leurs rangs.
Tel le Rhône superbe & libre dès sa source,
Vient aux eaux du Léman (2) se mêler dans sa course;
Et sur ses riches bords ne va voir aujourd'hui
Que des peuples heureux & libres comme lui :
Soit qu'il baigne les murs de cette ville immense, (3)
Où la Sâone tranquille accroît son opulence ;
Soit qu'à travers les monts précipitant ses flots,
De cent torrens épars il rassemble les eaux ;
Soit qu'il ouvre son urne à l'urne tributaire,
De la Drome rapide & du bruyant Isère, (4)
Il ira, sans gémir du spectacle des fers,
Grossir de ses trésors la dépouille des mers.

---

(1) C'est sous ce Prince que le Dauphiné fut réuni à la France.
(2) C'est le nom ancien du Lac de Genève.
(3) La ville de Lyon.
(4) Deux rivières du Dauphiné.

La Liberté rappelle à ſes loix généreuſes,
Des peuples Bourguignons les campagnes heureuſes,
Ces plaines, ces côteaux, où l'œil, avec douleur,
Voit le travail, ſans fruit, combattre le malheur. (1)
O Rois! qu'avez-vous fait? ſont-ce là ces peuplades
De Laboureurs Gaulois & de Germains nomades, (2)
De qui les bras nerveux exercés ſans excès,
Donnoient aux champs leur gloire, aux combats leurs ſuccès?
La faim ſe fait ſentir où les moiſſons jauniſſent!
L'eau ſeule éteint la ſoif où les grappes mûriſſent!
Auſſi l'homme des champs, ſans force, ſans appui,
Accuſe un ciel d'airain qui ne l'eſt que pour lui.

Des ſommets du Jura, mon aimable immortelle,
Voit ſon chapeau couvrir un peuple inconnu d'elle.
Parmi ces bois, ces champs long-tems tyraniſés,
Elle apperçoit des fers que Louis a briſés. (3)

---

(1) L'état miſérable des payſans de Bourgogne eſt une choſe connue.

(2) Les anciens Gaulois s'adonnoient à l'Agriculture, & les peuples Germains qui envahirent la Bourgogne étoient nomades ou paſteurs.

(3) M. le Chevalier de Florian a célébré cet événement dans une Pièce couronnée à l'Académie Françaiſe.

Son vol s'abbaiſſe au loin ſur l'Alſace guerrière,
De l'Empire français redoutable frontière,
Où les drapeaux des lys flottent ſur vingt remparts
Hériſſés de ſoldats, de foudres & de dards.
La Déeſſe, en ces lieux, n'étoit point attendue ;
Mais des enfans de Mars ſa voix eſt entendue.
Le ſang Lorrain l'invoque ; elle accourt à grands pas,
Rendre à ce beau pays les jours de Staniſlas.
Des querelles des Rois vaſte & ſanglant théâtre,
A réparer ſes maux la Flandre opiniâtre,
Semble dire, à grands cris, au batave jaloux :
« Fais faire à tes tyrans ce qu'un Roi fait pour nous. »
De vingt pays divers embraſſant l'étendue,
La Liberté raſſemble une foule éperdue
De femmes & d'enfans, d'hommes & de vieillards,
Sous des huttes de jonc confuſément épars.
L'eſprit qui de leurs maux rappelle la mémoire,
Se refuſe à les peindre & le cœur à les croire.
Des rives de la Somme, aux rives de l'Allier,
Sou sun ſceptre de fer, la loi les fait plier ;
De nos Rois, cependant c'eſt l'antique héritage :
Ils invoquent Louis pour venger leur outrage.
La Liberté flattant leurs pleurs d'un prompt ſecours,
Découvre, en s'éloignant, de barbares vautours,
Qui, de leur vol ſiniſtre effrayant les campagnes,
Semblent, à ſon aſpect, s'enfuir vers les montagnes.

Enfin la Déïté, dans ſon immenſe tour,
Croit, du Roi des Français, voir l'auguſte ſéjour.
Surpriſe, elle s'arrête : Où ſuis-je ? un Roi m'appelle !
Sa Cour ſuit ſon exemple ! eſt-ce un ſonge ? dit-elle :
Ce peuple de Héros qu'inſpire un ſi bon Roi,
Gouverné par l'honneur, veut l'être auſſi par moi !
France ! à mon protecteur prépare une couronne :
Qu'il la tienne de toi, quand c'eſt moi qui la donne !
Du prix de ſes bienfaits daigne au moins avertir
Ce cœur qui ſait aimer, ſans craindre un repentir.

Dans la vaſte cité, reine de cet Empire,
Déja dans tous les cœurs la Liberté reſpire.
Déeſſe tolérante, elle veut gouverner
Ses nombreux zélateurs, mais ſans les enchaîner.
La vérité la ſuit, dont le mâle courage
D'un peuple vain, léger, va faire un peuple ſage.
Les partis, les débats, les cabales, les cris,
La preſſe vomiſſant un déluge d'écrits,
Fantômes effrayans de tant d'eſprits vulgaires,
Sont de ſon règne heureux les ſignes ordinaires.
Le pilote languit dans le calme des mers ;
Les vents ſervent la terre, en tourmentant les airs.
Aux doux rayons du jour qui peut préférer l'ombre ?
Mais le lâche aſſaſſin ſe plaît dans la nuit ſombre.

Eſt-ce à nous d'être en proye à de vaines terreurs,
Nous, contre les forfaits défendus par nos mœurs,

Nous

Nous, amis de la paix, plus amis de la gloire,
Triomphons de nos maux; voilà notre victoire.
Mais ne demandons point à nos ſimples ayeux,
Ce jour qui leur manquoit, pour deſſiller leurs yeux:
Ainſi que leurs vertus, leurs erreurs ſont connues.
Francs dans leurs procédés, mais bornés dans leurs vues,
Sur la route du bien ils marchoient au haſard;
Le mieux qu'ils deſiroient nous eſt venu plus tard.
Malheur à qui s'enfonce, aveugle volontaire,
Dans la nuit de leur tems, quand le jour nous éclaire,
Et qui des préjugés eſclave ambitieux,
Voudroit qu'un peuple entier fût abſurde comme eux!
 O vous! à qui l'Etat, par un libre ſuffrage,
De ſa félicité commet le grand ouvrage,
Gardez-vous de vouloir, de chercher à demi
Le bien dont le méchant fut toujours l'ennemi.
Suivez l'opinion que nos voix ont formée;
Croyez vos ſentimens, croyez la renommée;
Sur le bonheur public meſurez vos ſuccès;
De ce bonheur dépend l'honneur du nom Français.
Quelle honte pour vous! quel regret pour la France,
Si ce grand appareil trompant notre eſpérance,
Fait dire à nos rivaux, triomphans de nos pleurs:
« Ce peuple ſans vertu mérite ſes malheurs. »
 A flatter nos abus rien ne peut vous contraindre:
Non: vous êtes trop grands, trop ſincères pour feindre;

Contre les vils ſoupçons notre choix vous défend.
Mais incertaine encor, l'Europe vous attend;
Et la poſtérité, ce juge incorruptible,
Vous regarde d'un œil favorable ou terrible.

Tout, dans ce grand moment, vous dit de vous unir.
L'exemple du paſſé, dont frémit l'avenir,
Nous montre la Diſcorde, adroitement cruelle,
Eterniſant les maux qui s'engendrent par elle.
Combien de fois riant de liens mal tiſſus,
En d'imprudentes mains, ſa main les a rompus!
Souvent de la Patrie elle égara les pères,
Ou payant des méchans pour déſunir des frères,
Soutint, par le crédit de vénales clameurs,
La licence des loix, des impôts & des mœurs.

Heureux qui peut ſentir le prix de l'harmonie,
Qui par l'eſprit public élevant ſon génie,
Travaillant pour lui-même en travaillant pour nous,
Voit le bien de chacun naître du bien de tous!
Trop inſtruit du paſſé pour différer l'ouvrage
D'un bonheur bien plus doux quand chacun le partage;
Qui, dans l'ennui des Cours, ſe perſuade bien
Qu'un Grand eſt peu de choſe où le Peuple n'eſt rien;
Qui ſûr de ſa vertu, bien plus que de ſes places,
N'oſe même douter, en s'offrant aux diſgraces,
Si la pauvreté libre eſt un plus grand tréſor
Que le vil eſclavage, avec des monceaux d'or.

Je ſai que la molleſſe & les cœurs mercenaires
Regardent en pitié ces maximes ſévères.
La baſſeſſe ſe plaint, l'intérêt ſe trahit;
Mais à l'honneur français enfin tout obéit.
Eh! qui ne voit déja, par ſes brûlantes flammes,
Sa cendre rallumée électriſer les ames,
Tous les états s'unir, tous les yeux s'éclairer?
Comme on voit dans le ciel, les mondes s'attirer,
Et toujours balançant leur force réunie,
Conſerver du grand tout la puiſſante harmonie.

Ce prodige inouï, nous le devons à toi,
Liberté! dont le règne eſt le bienfait d'un Roi.
Ta ſageſſe prépoſe aux deſtins de la France
Ces mortels courageux qu'obſerve un peuple immenſe.
Arme de ton pouvoir ces alcides nouveaux;
Les monſtres à dompter coûtoient moins que nos maux:
Si leurs ſauvages mœurs les rendoient implacables,
Des brigands plus polis ſont-ils moins redoutables?
Ils diront, au mépris de nos plus juſtes droits,
Que l'intérêt du peuple eſt l'ennemi des Rois;
Mais la ſage raiſon, ſecourable à nos larmes,
Prête à nos défenſeurs ſes invincibles armes.
Je les vois dans ces jours marqués pour leurs combats,
Aux cent têtes de l'hydre oppoſer mille bras,
Confondre des méchans les deſſeins ſacriléges,
Eventer leurs complots, s'avertir de leurs piéges,

Joindre à l'art de parler, le courage d'agir,
Et ſauver aux Français la honte de rougir.
Un régime nouveau rend la France à la vie;
Et d'acclamations la Liberté ſuivie,
Jettant ſur cet Empire un regard ſatisfait,
Nous garantit ſes biens, dans ce vœu qu'elle a fait:
» S'il étoit un Miniſtre, actif, ferme, ſenſible,
» Qui fût de la vertu l'image incorruptible,
» Noble préſent du ciel, à nos jours réſervé,
» Idole de l'Etat que ſon nom a ſauvé,
» Qui, grand par ſon eſprit, grand par ſon caractère,
» n'aimât de ſon emploi que l'honneur de bien faire;
» Ajoutant par ſes mœurs du poids à ſes diſcours,
» Trop fier pour s'abbaiſſer au manége des Cours;
» Voyant, d'une hauteur où lui ſeul peut atteindre,
» Les dangers ſans les fuir, les partis ſans les craindre....
» Ce prodige, il eſt vrai, ne s'eſt vu qu'une fois.
» Mais votre hiſtoire, un jour, en inſtruiſant les Rois,
» Peut fixer leurs regards ſur ce crayon fidèle,
» Et leur dicter des choix formés ſur ſon modèle «.

F I N.

www.ingramcontent.com/pod-product-compliance
Ingram Content Group UK Ltd.
Pitfield, Milton Keynes, MK11 3LW, UK
UKHW020227200726
13856UKWH00004B/1642

9 782013 4720